S0-AZJ-449

Carlota visita Londres

James Mayhew

SerreS

Para Max

❧ *una historia sobre tu madre* ❧

Título original: Katie in London
Adaptación: Miguel Ángel Mendo
Editado por acuerdo con Orchard Books, Londres

Texto e ilustraciones © 2003 James Mayhew
Los derechos de James Mayhew están reconocidos
como los del autor e ilustrador de este libro de acuerdo
con el Copyright, Designs and Patents Act del 1988.

Primera edición en lengua castellana para todo el mundo:
© 2003 Ediciones Serres, S.L.
Muntaner, 391 – 08021 – Barcelona
www.edicioneserres.com

ISBN: 84-8488-089-3

Impreso en Bélgica

A Carlota todo en Londres le parecía gigantesco. Los trenes, los edificios,
y tantísima gente... Había venido con su abuela y con Jack, su hermano
pequeño, a visitar los monumentos. Así que, de la mano, se montaron
en un enorme autobús rojo.

Pero cuando se bajaron en Trafalgar Square, la abuela se sentía cansada.

—Descansaré un ratito—, dijo bostezando. —Podéis quedaros junto aquel león. Así sabré donde estáis.

Carlota se encaramó a uno de los leones de bronce y luego ayudó a Jack a subir junto a ella.

A medida que el sol desaparecía, el león parecía cambiar el color gris por el dorado.

—Vaya, vaya...—, dijo una voz muy profunda. ¡Era el león!

—¿Quién os dijo que podíais subir encima de mí?—, preguntó.

—Cuánto lo sentimos—, contestó Carlota. —Pero es que la abuela nos ha dicho que nos quedáramos contigo.

—Entonces supongo que tendré que aceptarlo—, suspiró el león. —¿Y ahora qué haremos?

—Nosotros queremos ver los monumentos, pero la abuela se ha dormido—, dijo Carlota.

—¿Puedes enseñárnoslos tú?

—¡Sí, por favor!, suplicó Jack.

El león agitó su melena.

—¡Pues agarráos fuerte!—, rugió y de un
tremendo salto abandonaron Trafalgar Square.

La gente lo veía y no lo podía creer. Pero al león no le importaba nada. —Esto es mucho mejor que estar todo el día tumbado encima de un bloque de granito—, decía. —No os imagináis lo fría que se me queda la panza. Bueno, ¿dónde vamos?

—¡Donde tú quieras!—, gritaron Carlota y Jack.

El león los llevó en primer lugar a la Catedral
de San Pablo. Se quedaron impresionados
ante su enorme cúpula.

—Se siente uno muy pequeñito a su lado—,
dijo Jack.

—Pues a mí me da vértigo—,
dijo el león entre risas.
—Pero sigamos, que
hay mucho que ver.

Luego el león les llevó ante un viejo castillo.

—La Torre de Londres—, dijo el león. —Los fantasmas de muchos reyes y reinas merodean por estas torres.

Carlota sintió un escalofrío y se agarró a la mano de Jack.

—Pero no os preocupéis, solo aparecen pasada la medianoche—, añadió el león. —Lo que sí se pueden ver ahora son sus joyas y sus coronas.

Las Joyas de la Corona estaban expuestas en una sala exclusiva y pequeña. Resultaba todo un poco estrecho para el tamaño del león. Las joyas brillaban como estrellas en la noche, pero en todos los colores: verde esmeralda, rojo rubí, azul zafiro...

Luego jugaron a que el león era un fantasma que les perseguía.

—Disculpad—, dijo un señor vestido con ropas antiguas, —¡Estáis asustando a mis cuervos!

—¿Quién es este señor?, susurró Carlota.

—Es un alabardero de la Guardia Real—, dijo el león. —Cree que si los cuervos se van se derrumbarán la torres. ¡Vamos a ver más cosas!

El león decidió llevarles a lo largo del río Támesis. Galopaban en ese momento sobre el Tower Bridge. De repente sonó una alarma y empezaron a encenderse y a apagarse luces.

Se acercaba un barco y el puente se estaba levantando para dejarle pasar.
—¡**PÁRATE**!—, gritó Carlota.
Pero el león no se detuvo. ¡Y saltó!

Pero no cayeron al otro lado del puente, sino encima del
barco. Navegaron en él un buen rato viendo pasar grandes
barcos y cruzando por debajo de sombríos puentes.

—Mirad, eso es el Globe Theatre—, dijo el león. —Muchas comedias escritas por Shakespeare se representaron ahí, aunque la verdad es que no había muchos leones entre sus personajes.

—¿Qué es aquella rueda tan grande que se ve allí a lo lejos?—, preguntó Jack.

—Debe de ser el London Eye—, respondió Carlota. —¿Por qué no subimos?

—No esperaréis que me suba en eso, ¿verdad?—, dijo el león mientras saltaban fuera del barco.

Pero antes de que el león pudiera decir palabra, Carlota ya había conseguido montarle en el London Eye.

El pobre león, pálido, temblaba de miedo, pero enseguida también él se sintió maravillado ante aquella impresionante vista. De repente, señalando al Big Ben, exclamó:

—¡Dios mío, si son casi las once! ¡Hay que darse prisa!

El Big Ben daba las once campanadas justo cuando ellos llegaban abajo. Carlota y Jack treparon sobre el león y cruzaron al galope un puente, pasaron bajo el gran reloj y por delante del Parlamento.

Brincaron por encima de largas filas de coches atascados,
adelantaron a taxis y autobuses de dos pisos, pasaron parques y
grandes edificios... Entonces escucharon música y redobles de tambor.

—¡Es el Cambio de Guardia!—, dijo el león. —Seguidme: izquierda – derecha, izquierda – derecha...

El león marchaba tras la Guardia Real marcando el paso al ritmo de los tambores y Carlota y Jack le seguían. Iban directamente hacia las puertas del Palacio de Buckingham.

—Lo siento—, dijo un policía, —pero por
aquí solo puede pasar la Guardia Real.

En vista de lo cual, Carlota y Jack se
subieron a lomos del león y se fueron a dar
una vuelta por los alrededores del palacio.

Tenían ilusión por ver algún príncipe o alguna princesa. Lo que sí había eran muchas banderas y escudos con leones. —Es que yo soy muy amigo de la familia real—, dijo el león con una gran sonrisa.

—¿Y eso por qué?—, preguntó Carlota.

—¡Pues porque el león es el Rey de todas las Fieras!—, contestó el león lleno de orgullo.

Al salir creyeron ver una mano que les saludaba desde una de las ventanas del palacio.

Al cabo de un rato al león le dolían las zarpas,
por lo que decidieron irse a un parque muy fresquito
donde pudo poner en remojo sus patas. Jack compró
helados para todos con algo de dinero que llevaba.

—¡Qué rico!—, decía el león. —Me encantan los de tutti-frutti.

—¿Como están tus zarpas?—, preguntó Carlota.

—Todavía me duelen—, admitió el león. —Es que no estoy acostumbrado
a andar tanto. ¿Qué os parece si volvemos a Trafalgar Square en autobús?

Un policía les dijo que tenían que tomar el autobús número nueve junto a Harrods, los grandes almacenes.

—Ojalá no tuviera que regresar—, dijo con pena el león.

—¿No te gusta estar en Trafalgar Square?—, preguntó Carlota.

—Me encanta—, contestó el león. —Pero se me queda la panza helada de estar tumbado todo el día.

Jack le susurró algo al oído de Carlota y ambos sonrieron. Entraron en Harrods y volvieron a salir al cabo de unos minutos con un pequeño paquete en la mano.

Luego se subieron al autobús y volvieron a Trafalgar Square.

—Toma, para ti—, dijo Jack entregándole el paquete al león.
—Te lo hemos comprado con el poco dinero que nos quedaba.
El león, abrió el paquete y sonrió. —¡Una manta de lana!

—Es para que tengas la tripita caliente—, dijo Carlota.
—Sois maravillosos—, dijo el león emocionado.
—Gracias por enseñarnos Londres—, dijo Jack.
—La próxima vez veremos aún más cosas—, contestó el león.

Entonces Carlota vio que su abuela se estaba despertando. El león estaba otra vez más quieto que una estatua. Y, mientras el sol volvía, el león cambiaba de dorado a su gris inicial.

—¿Qué tal, queridos?—, dijo la abuela. —¿Nos vamos a ver monumentos?

—¡Ufff...!—, dijo Carlota. —Estoy demasiado cansada.

—Sí, necesito descansar—, dijo Jack, y los dos se tumbaron en un banco y se quedaron dormidos.

¡Más detalles curiosos sobre la visita de Carlota y Jack!

Trafalgar Square y la Columna de Nelson

La Columna de Nelson está en medio de Trafalgar Square, rodeada por cuatro orgullosos leones de bronce. Los leones los diseñó Sir Edwin Lanseer, y han protegido a Nelson desde 1867. No os olvidéis de visitar la Galería Nacional, en el lado norte de Trafalgar Square.

BA London Eye

Esta enorme noria se construyó para celebrar el nuevo milenio, pero aún está junto al río Támesis y ha resultado ser una de las mayores atracciones de Londres. Tiene 32 cabinas que llegan a albergar hasta 15.000 visitantes al día en "vuelos" o vueltas de 30 minutos. En los días despejados se puede ver a 40 kilómetros de distancia en todas las direcciones. ¡A veces es posible ver hasta el Castillo de Windsor!

La Torre de Londres y el Tower Bridge

La Torre ha tenido muchos usos distintos durante su larga existencia: residencia real, prisión, zoológico, casa de moneda, y un sitio seguro en el que guardar las joyas reales. Apúntate a una visita guiada por un alabardero de la Casa Real y apréndelo todo sobre la historia de la Torre, ¡lo bueno y lo malo! El Tower Bridge ha estado junto a la Torre de Londres desde 1894. ¡Si tienes suerte, quizá veas como se abre para dejar paso a un barco por el río Támesis!

El Palacio de Buckingham y el Cambio de Guardia

El Palacio de Buckingham es la residencia oficial londinense de Su Majestad la Reina. El Cambio de Guardia es una ceremonia espectacular que tiene lugar tras la verja de palacio a las 11:30 todos los días de verano, y en días alternos el resto del año. Llega temprano para asegurarte de que consigues un buen sitio y ves a los soldados marchando vestidos con sus uniformes tradicionales.